C000103247

Camille Laurens

Philippe

Gallimard

à Chantal qui, parmi des soins constants d'amitié, nous a offert les Leçons de Ténèbres *de Couperin.*

Il faut être allé au fond de la douleur humaine, en avoir découvert les étranges capacités, pour pouvoir saluer ce qui vaut la peine de vivre. La seule disgrâce définitive qui pourrait être encourue devant une telle douleur serait de lui opposer la résignation. Il n'est pas, en effet, de plus effronté mensonge que celui qui consiste à soutenir, même et surtout en présence de l'irréparable, que la rébellion ne sert de rien. La rébellion porte sa justification en elle-même, tout à fait indépendamment des chances qu'elle a de modifier ou non l'état de fait qui la détermine. Elle est l'étincelle dans le vent, mais l'étincelle qui cherche la poudrière.

ANDRÉ BRETON,
Arcane 17

SOUFFRIR

Quand je suis entrée, Yves et la surveillante avaient fini d'habiller le bébé de la layette marine et blanche tricotée par sa grand-mère. Sous le petit bonnet de laine bleue, le visage était d'une extraordinaire gravité et aussi, pareil à celui d'un sage, d'une grande bonté. Je l'ai pris dans mes bras. C'était mon premier enfant et, pendant la grossesse, j'avais eu peur d'être maladroite lorsqu'il viendrait, de ne pas savoir. Mais les gestes me sont venus, tous, comme les mots d'amour aux lèvres, et toute angoisse m'a quittée d'un coup devant cette évidence — corps dense et plein contre le mien, nuque soutenue au creux de mon coude, ruban renoué de la brassière contre le froid : il n'y a rien à apprendre.

15

Philippe est né le 7 février 1994 à D. – clinique X. Le lendemain, je suis allée avec Yves, son père, le voir à la morgue. On ne dit pas « la morgue », on dit « le dépositoire » ou, comme c'est écrit au fronton du bâtiment, « le service des défunts ».

Du latin *defungi*, accomplir. Est défunt celui qui a accompli sa vie.

Son visage était bleu, tuméfié – visage de martyr qui respirait à la fois, aussi absolues, la connaissance et l'innocence. Philippe, né à 13 h 10, mort à 15 h 20, tu as eu deux heures pour accomplir ta vie d'homme, en faire le tour. Et moi, avant de te reposer dans ce berceau sans roulettes ni draps, avant de m'arracher à la caresse de ta chair – ta peau veloutée, tes joues rondes, tes mains longues, tes pieds immenses – moi, j'ai eu deux minutes pour être mère. Enfant défunt, mère défunte.

Sous la paupière que ton père doucement soulève (qu'il vive, qu'il s'éveille, qu'il ressuscite ! N'est-ce pas le fils qui, un jour, doit fermer les yeux de son père ?), sous la paupière, un éclair bleu. Philippe, j'avais rêvé de rencontrer tes yeux. Mémoire du temps où tu bougeais en moi, amour sans regard.

Moi assise, le bébé dans les bras. Yves debout derrière moi, nous enlaçant tous deux, nous baignant de ses larmes : instantané, unique et brève image de la *famille*.

Famille défunte.

*

Je n'avais pas vu la ressemblance avec moi ; je n'avais pas pu la voir, n'ayant sans doute pas encore bien compris, quelques heures après sa naissance, qu'il était mon fils. C'est Yves qui me l'a montrée, ce jour-là à la morgue, et plus tard sur les photographies : la courbe des joues, la forme du crâne. Mais ce n'est pas ce jour-là que je l'ai vraiment vue, vraiment sue. Un autre jour, j'ai renversé mon visage en arrière face à une glace, et j'ai vu Philippe mort par-dessous mes paupières, et seulement alors j'ai su que j'étais sa mère — masque mortuaire aux yeux entrouverts. Tous les miroirs reflètent mon fils mort, tous les miroirs reflètent mon fils et ma mort.

17

*

Mon fils : parole étrange et étrangère, étonnement pur tandis que je regarde, incrédule, l'employée de mairie remplir pour la première fois la rubrique *Prénom des enfants* sur la fiche d'état civil et inscrire à l'encre noire cette « mention marginale » : DCD. Rébus de la mort, pour la dire sans effroi. Mot sans voyelles, mort sans voix. DCD : méthode de lecture rapide, apprentissage ludique. Jeu de cubes.

*

Philippe : « celui qui aime les chevaux ». À peine ce prénom choisi pour toi, ton père s'est mis à l'équitation. Il caracolait sur Pirate ou Flonflon dans la palmeraie de Marrakech, il galopait et tu étais en croupe − « ça galope », disait le médecin penché sur son stéthoscope, et j'écoutais, ravie, le galop de ton cœur. À cheval, ton père avait fière allure, il se tenait droit

comme un petit garçon sur son premier po-
ney, et j'ai aimé passionnément cette enfance
en lui, ce désir naïf et beau d'être avec toi,
d'être toi, cette confiance.

*

Yves répétait souvent cette idée : que peu
importe la durée de la vie, que, même, peu importe son effective réalité ; il suffit qu'on l'ait
imaginée. Chaque année lorsqu'il songeait à un
nouveau spectacle théâtral, ou quand je pen-
sais à mon prochain roman, toujours à un cer-
tain moment nous nous retrouvions, la mise
en scène dans sa tête, le livre dans la mienne,
à manier cette question décisive : à quoi bon
monter la pièce, *rédiger* le texte, *vivre* la vie ? Les
choses finalement se faisaient, mais lorsqu'elles
prenaient corps pour autrui, elles avaient déjà
des mois d'une existence idéale. Ainsi Philippe
a-t-il skié avec son père pendant la saison d'hiver, gagné d'innombrables parties de tennis,
pris le frais dans le jardin en construisant une
auto en Lego ; ainsi Philippe a-t-il été bébé na-

geur, cavalier, comédien, artiste, athlète. Philippe, tel Athéna jaillie tout armée du crâne de
Zeus, Philippe, sorti moins du ventre de sa
mère que du rêve de son père.

*

Chaque jour devant le papier blanc comme
penchée sur le bébé mort : je pleure, mais en
prenant soin que mes larmes ne coulent pas sur
eux, qu'elles n'atteignent rien (celles d'Yves au
contraire, rebondissant, ruisselant sur les joues
de l'enfant qui pleurait avec nous sa propre
mort).

Si vous êtes malheureux, il ne faut pas le dire au lec-
teur. Gardez cela pour vous.

Lautréamont

Le problème a changé de forme ; il ne s'agit
plus de pudeur, mais d'impuissance : on peut
bien dire qu'on est malheureux, mais on ne
peut pas dire le malheur. Il n'y a pas de malheur dans le mot *malheureux*. Tous les mots

20

sont secs. Ils restent au bord des larmes. Le malheur est toujours un secret.

Souffrance d'écrire en deçà, hors du champ du chagrin : éternelle distance, esprit tendu vers les mots vrais comme les doigts vers le corps afin de combler l'écart, « ce peu qui nous défend de l'extrême existence ». Souvenir d'hommes désirés : le corps prostré d'attendre, rongé par le vide de la pièce, un soir qu'Yves avait manqué un rendez-vous ; temps coagulé dans les veines, béance immense qui me semblait alors le plus grand mal d'amour. Il y a une chose infiniment plus douloureuse que de ne pas serrer dans ses bras un homme qu'on désire : c'est de bercer dans ses bras un bébé mort. Le corps ne comble rien. Le corps manque.

Faire un livre, faire l'amour : effort vain d'abolir l'intervalle.

Écrire : mettre des mots dans le trou, colmater. Les mots ne comblent rien. Les mots manquent.

Le bébé entre mes bras comme un corps d'homme qui va bientôt partir. L'écart se creuse. Le corps pourrit comme les mots qu'on n'a pas su dire, le corps est loin, insaisissable comme un souvenir d'amour. Je le repose dans son berceau et je sors. Passer la porte, sortir. Je ne le reverrai jamais, je ne le toucherai plus jamais. L'adieu au corps.

Arrachement.

*

Plus d'un mois après, malgré une double dose de médicaments, le lait monte. Il déborde, il jaillit tout seul comme des larmes, il coule sur les seins, sur le ventre. La peau a la couleur et la transparence de paupières, elle est veinée de bleu. Nourrir, mourir.

Sur mon corps, presque plus rien n'est lisible, que la ligne gravidique dont la teinte brune s'efface lentement. Ventre palimpseste où plus rien désormais ne pourra s'écrire à nouveau — jouissance, grossesse, angoisse — que sur cette ligne.

*

Échographies, photographies, tracé du monitorage : tout ce qui reste de lui nous est
donné à voir. Nous l'aimons de tous nos yeux.
Nous montrons parfois cette image de lui prise
au Polaroïd par le pédiatre de l'hôpital, sur laquelle il est nu, jambes écartées comme un
bébé qu'on va changer, nu comme l'enfant qui
vient de naître et plus nu d'être mort. Nous le
voyons, le contemplons, nous repaissons de
sa vue. Ni odeur, ni caresse, ni cri : il n'y a
plus pour nous que l'un des sens − c'est-à-dire
aussi, pour ceux qui détournent le regard du
sexe offert sur le corps mort, que l'indécence.
Corps tout blanc, livide sous le visage bleu.
Corps exposé au regard, au danger, à la lumière, à la mort.
Corps tué, cliché raté. Surexposé.

Pendant les échographies, il est vivant. Sur
les premières, on l'embrasse entièrement, on
voit déjà nettement ses épaules carrées, ses

joues rieuses. Il sourit — dans la nuit des temps nous regardons l'unique sourire de Philippe. Ailleurs, il a l'air d'un têtard, d'un oisillon dans son nid. Plus tard, le corps se morcelle : un profil, un pied, une main — et nous regardons toujours, nous ne cessons pas de dévorer des yeux les cinq doigts un par un, les vertèbres, le cœur, le nez — sa beauté, sa force. « Ce ne sera pas une petite nature », prédit le Dr Tarari à Marrakech, la veille de mon départ pour la France. « Vitalité +++ », écrit-il dans le dossier destiné à son confrère, « point à surveiller : très forte croissance ». Nous sommes éblouis, nous en avons plein la vue. Il fait des tours, des cabrioles, il nage la brasse-papillon. Nous contemplons notre baigneur, notre kiki, notre amour. Nous jouissons de sa vie.

La dernière fois où je l'ai vu bouger dans mon ventre (mal, car on n'avait pas eu l'idée de tourner l'écran vers moi), c'était le 26 janvier à la clinique X. Le Dr L. officiait — et jamais plus je ne pourrai lui donner ce titre qui suppose une science dont on s'honore, mais dont seul m'a été montré le négatif : une monstrueuse incompétence, une prétention sans autres bornes que la mort. C'est Lignare qu'il faudrait l'appeler si par miracle ce récit n'était qu'un conte où nous fussions heureux.

Il testait un nouvel appareil. Un technicien lui en expliquait le fonctionnement. Il appuyait sur des boutons, multipliait les essais en déplaçant la sonde sur mon ventre. Qu'était-ce à ses yeux que ces taches mouvantes où j'ai cru saisir un moment, en l'absence de tout commentaire, un geste de la main – coucou, mon amour ? Quelle valeur attachait-il à cette forme pirouettante qui n'avait pas de prix pour moi ? A-t-elle été jamais autre chose qu'un cobaye peu docile à l'expérience dont il fallait bien pourtant « prendre les mesures » et à propos duquel il s'écriera finalement d'un ton exaspéré : « Mais enfin, il bouge tout le temps », pendant que j'essaierai en vain, secrètement fière, de calmer mon nageur.

Depuis le 7 février à 15 h 20, il ne bouge plus. Le petit oiseau est sorti, il a pris la pose éternelle. Sois bien sage, mon chéri, il-ne-faut-pas-désobéir-au-docteur.

Il nageait, virevoltait, donnait du talon dans les starting-blocks. Il ne bouge plus. Baigneur noyé, kiki serré. Et nous sommes là, devant son corps sans vie, nous sommes là, immobiles, à prendre la mesure du désastre.

Photographies, échographies : traces écrites, écriture du corps. Et je me souviens, le jour où, à ma demande, on m'a remis le dossier complet de l'accouchement, d'avoir absurdement marché dans les rues en le serrant contre moi comme une lettre d'amour, d'avoir longtemps marché en en différant la lecture ; puis, une fois chez moi, d'être tombée à genoux sur le tapis en dépliant le graphique du monitoring où je lisais, heure par heure, à l'encre noire, de plus en plus défaillante, l'écriture de son cœur.

Pendant plus de six heures, il mourait.

*

Chaque nuit, je me réveille avec cette pensée qui me déchire la poitrine : « Le bébé est dans le noir. »

Boîte noire du cercueil où ne sera jamais développé le cliché de sa vie.

*

Nous ne savons pas où nous allons finir. Nous ignorons quel sera pour nous le dernier paysage. *Les Dépêches*, quotidien régional, mentionne dans sa rubrique nécrologique du 9 février, parmi une liste de retraités, la mort de Philippe, « domicilié chez ses parents, à Marrakech (Maroc) ». Son père et moi avons été heureux de cette formulation : c'est comme s'il y avait eu, en effet, une vie là-bas, qui ne nous semble pas tant une existence anténatale, *in utero*, qu'une vie véritable entre la naissance et la mort, sous le soleil de l'hiver africain. Philippe est né et mort à D. Mais c'est à Marrakech qu'il a vécu entre ses parents le début de son âge.

D. – ma ville natale, la ville où sont nés ma mère, mes sœurs, mes neveu et nièce, la ville où naîtra mon fils : très tôt, je le décide, je rentrerai chez moi, ne voulant prendre aucun risque dans un pays où, malgré la présence d'un excellent obstétricien, la mortalité reste élevée et les conditions sanitaires très insuffisantes. D., donc : retour à l'origine, aux racines, régression dans le giron maternel, couvade de future mère chez ma propre mère, remontée du temps, nid, patience, enfance. D. – premier amour. J'avais quinze ans, lui dix-sept. Au dos d'une des photographies de l'époque – nous sommes enlacés sur une espèce de tronc d'arbre en équilibre au-dessus de l'eau – je retrouve ce vers de René Char : « C'était au début d'adorables années. La terre nous aimait un peu, je me souviens. » Un jour, j'ai même voulu mourir pour lui. Il s'appelait Philippe.

D. – ville morte.

Philippe. Son père aussi aimait ce prénom ; enfant, il aurait voulu le porter. Nom stable sur la base de ses p, équilibre des i et des hampes, douceur du e, grâce et force. Il ne faut pas seulement choisir un prénom, il faut le rêver, et qu'il rattache en nous les nœuds défaits. C'est ainsi qu'un jour de grande angoisse où, pour survivre, nous cherchions tous deux le prénom de l'enfant à venir, afin qu'il vienne, son père a dit : Valère, et, un instant, l'avenir s'est ouvert. Valère, le bien-portant, le valeureux, le jeune premier de nos théâtres. Valère, son frère.

Si c'est une petite sœur, ce sera Aube. Lumière naissante, phare du cœur qui clignote sur la première échographie.

Philippe, tes frère et sœur s'appelleront — ils s'appellent — Valère et Aube. Nous les appelons de nos vœux. Ils ne sont pas encore nés, mais, en un sens et quoi qu'il advienne, ils sont *conçus*.

Cette pensée seule, le respect d'eux, retient le cri que je voudrais hurler quand on m'assure que nous allons « en faire un autre » et que j'en deviens folle : « Je ne veux pas d'un autre. Je veux LE MÊME. Je veux LUI. »

La sage-femme penchée sur moi, tout contre mon visage, dans la salle d'accouchement, me demandant de « donner un prénom » à l'enfant. Et jamais je n'ai senti d'aussi près la course contre la mort, contre la montre, la rivalité de la mort et du mot, et qu'il fallait absolument, *de toute urgence*, le « déclarer », le dire, le désigner, pour qu'il existe.

Et je cherchais désespérément un prénom dans ma tête — « Vous saviez que c'était un garçon ? » disait-elle, je répondais oui, oui je le savais. « Alors comment pensiez-vous l'appeler ? » Et je cherchais toujours un autre prénom, pas celui-là, un autre, le nom d'un autre enfant — car comment ce prénom-là pouvait-il être celui d'un mort ? —, cherchant toujours, secouant la tête, me dégageant de cette emprise, le retenant, le protégeant de tout mon corps, puis, à la fin, lâchant ce nom comme une défaite — Philippe —, le lâchant, acceptant, consentant à ce que ce soit ce nom-là, cet enfant-là, acceptant que ce soit lui, Philippe, cet enfant-là qui mourait hors de mon ventre. Le *reconnaissant*.

*

Son père, passionné d'automobiles ancien-
nes, se voyait déambulant avec lui en Jaguar
ou penché tête contre tête sur la mécanique, ou
en compétition sur le Circuit 24. J'ai mal de
penser que Philippe n'aura fait entre sa naissance et son inhumation que deux trajets déri-
soires : le premier — les rues de D. toutes sirè-
nes hurlantes — pour aller de la clinique à
l'hôpital où il devait mourir (on ne meurt pas
à la clinique X., les statistiques sont formel-
les) ; le second de l'hôpital au cimetière, par les
détours de la route des Grands-Crus. Vitesse
inutile du monde, lenteur du temps. L'ambu-
lance et le corbillard : ses voitures d'enfant.

Le cimetière est situé à dix kilomètres de la
ville, au milieu du vignoble. Mon grand-père
avait acheté dans cette campagne une maison
secondaire ; il aimait y rassembler les parents,
les enfants. Elle a été vendue après sa mort,
meubles et souvenirs ont été dispersés, et il
n'est resté de ce rêve d'union que le caveau —

le caveau de famille. Le village s'appelle Couchey, si bien que, chaque fois que je veux voir mes morts, je vais *à Couchey*. Hasard pertinent du calembour car, au moment d'enfanter, quelle femme n'a pas fixé sous ses paupières, juste avant le cri, le rayon noir du néant ?

Il faisait froid — le lendemain il a neigé, on vendait dans les rues les toutes premières jonquilles. Les employés des pompes funèbres, m'a dit Yves, étaient jeunes et beaux ; je ne les ai pas vus, quoique j'aie suivi dans les allées le cercueil minuscule. La tombe était ouverte, mais sans profondeur ; ils l'y ont déposé. J'étais entre mon père et ma mère, qui ne s'étaient pas revus depuis des années. Ma mère me tenait le bras, mon père serrait ma main gauche dans ma poche. Yves a lu la lettre qu'il avait écrite à Philippe et que nous avions signée « ton papa, ta maman » pour la joie folle d'en former une fois les syllabes. Puis des gouttes de cire rouge l'ont scellée sur le cercueil.

Deux jours plus tard, nous avons encore tracé notre amour dans la neige. Ce message a, depuis, disparu ; mais la lettre est là, elle sera là très longtemps, comme une main posée sur son front pour apaiser la peur de la nuit.

La nuit, parfois, dans le noir de la chambre, je joins les mains sur ma poitrine, je ferme les yeux, je gonfle à peine les joues — et mon bébé est là : non pas à l'intérieur de mon cœur ou de ma tête, non pas sentiment ou pensée, abstrait, mais là, bien là chaud et replet en lieu et place de moi-même. Le silence est total, l'immobilité presque parfaite. Puis, très vite, ma poitrine se creuse, mon estomac se troue, et de cette tentative de possession charnelle la vérité soudain m'apparaît : je ne suis pas le corps, je suis la tombe.

Un soir, nous reparlons de l'enfant futur. « Il vivra ? » dis-je, incrédule, tant l'avenir me semble impossible. Alors Yves a cette réponse merveilleuse — et ma joie est soudaine, immense, je *vois* la scène : « Oh ! dit-il, il nous enterrera. »

COMPRENDRE

On dit que les femmes racontent leurs accouchements comme les hommes leurs guerres. En temps normal, il ne me serait pas venu à l'idée de le faire : mettre un enfant au monde était pour moi un événement naturel, il n'y avait pas lieu de le commenter. Mais il se trouve que le 7 février dernier, cet accouchement est devenu la guerre, avec sa violence, sa lâcheté, sa misère, et la mort au bout.

« Comment accouche-t-on en France aujourd'hui ? » s'interroge le numéro de mars d'un magazine spécialisé. J'ignore quel sera le résultat du sondage ; je suppose qu'il se voudra rassurant, même si Mme Veil prévoit la fermeture de trois cents maternités et s'alarme du taux de mortalité périnatale. Mais quelquefois, en France, dans une grosse maternité de province, on accouche comme ça.

(Il y a deux strates à ce récit ; la première est celle de l'ignorance ; le 7 février, des heures ont passé sans que j'en maîtrise le contenu ; j'ai vécu sans rien comprendre. La seconde est celle de la connaissance : lecture du dossier médical, du partogramme ; expertise du Pr Papiernik, expert près la Cour de cassation, chef du service de gynécologie et d'obstétrique de Port-Royal ; recherche dans des ouvrages scientifiques. Entre ces deux strates, subsiste un flottement de jours et de semaines, une sorte de presbytie de la douleur, qui ne peut voir que de loin.)

*

Le dimanche 16 janvier, je prends l'avion pour Paris. À l'aéroport de Marrakech, Philippe envoie un petit coup de pied à son père juste avant la douane, en guise d'adieu. Yves est anxieux de nous laisser partir, il a peur qu'il arrive quelque chose. Moi pas : je suis à plus de sept mois et demi de grossesse, je vais bien, le bébé, deux jours plus tôt, a paru au

38

mieux de sa forme à l'échographie. Rien ne peut plus arriver — que lui. Je suis *pleine*.

Le 16 au soir, je dors à Paris, et le 17, je m'installe chez ma mère, à dix kilomètres de D.

Le jeudi 20 janvier, consultation au cabinet de L. C'est un médecin de notre génération, qui n'exerce que depuis peu à titre privé. Il nous a été recommandé par un confrère qui l'a décrit comme brillant : ancien interne des Hôpitaux de Lyon, major de sa promotion, chef de clinique à moins de trente ans. Il m'examine, établit un dossier, me donne une fiche de liaison sur laquelle — je m'en rendrai compte plus tard — il se trompe dans le report de mon groupe sanguin et néglige certaines informations indispensables, et qu'il conclut par ce bilan euphorique : « Très bon pronostic obstétrical. » Comme je m'inquiète une fois de plus, sur le pas de la porte, du diagnostic de mon gynécologue marocain qui, au regard des mensurations du fœtus, avait évoqué la césarienne, L. hausse les épaules et s'écrie en me poussant dehors : « Allons donc, j'en ai sorti de plus gros que le vôtre ! »

Je suis rassurée. J'ai trente-six ans, c'est mon premier bébé, et je n'ai plus désormais d'autre souci que celui, par éclairs, de savoir si je vais lui plaire — s'il va m'aimer.

Le 26 janvier, dernière échographie. « Tout va bien. Il pèse environ 2,800 kg. Il est mûr. » Le terme, initialement fixé au 27 février, est révisé au 20.

Je commence les cours de préparation à l'accouchement. J'achète des brassières en coton taille 1 mois, qui me paraissent intuitivement beaucoup trop petites pour lui, mais je dois me tromper. Je plie et déplie la layette, je me masse les seins à l'huile d'amande douce, je prends mes comprimés de fluor, mes comprimés de fer, je fais ma valise. La nuit, je dors avec son nounours. J'écris à Yves, resté au Maroc et qui doit nous rejoindre le 11 : « Tu es loin mais tu bats en moi comme un cœur. Un cœur avec des petons. »

Le jeudi 3 février, après un cours, prise d'anxiété au sujet de symptômes précurseurs, je consulte une sage-femme à X. Elle m'examine, me confirme que je suis en train de perdre le bouchon muqueux — ces leucorrhées abondantes —, mais que l'accouchement peut encore se faire attendre plusieurs jours. Le rythme cardiaque du bébé, enregistré au monitoring, est parfait. On me renvoie chez moi. En ville, j'achète du maquillage en vue du jour J, et des fleurs pour ma mère.

Le lendemain soir, le couple de médecins qui nous a recommandé l'obstétricien vient dîner à la maison. Ils ont un petit garçon qui s'intéresse beaucoup à mon ventre. Pendant le repas, son père, C., évoque notre choix — non, L. n'a pas accouché son épouse, comme nous le pensions, à l'époque il n'était pas encore installé, mais je suis entre de bonnes mains, c'est un as. C. rappelle leur itinéraire commun jusqu'à la spécialisation, le parcours sans faute de son condisciple, et dit plusieurs fois : « Je lui confierais ma sœur ou ma femme les yeux fermés. » Je souris.

Les yeux fermés.

Je dévore des livres sur la grossesse, la naissance, les premiers soins. Sur l'un d'eux, je regarde les photographies d'un accouchement, je lis et relis inlassablement les explications, je sais tout par cœur. Chaque fois, l'émotion me coupe la respiration, les images me bouleversent d'étonnement et d'amour — et quand la tête sort de la vulve, je reste pétrifiée, le corps me brûle, et je pleure, oh, je pleure.

Vivre. Je n'en reviens pas.

Pendant la fin de la semaine, je m'économise : L. m'a avertie qu'il n'était pas de garde à la maternité ce week-end, et je ne veux pas risquer d'avoir affaire à un inconnu. Entre de longues plages de sommeil et de lecture, j'écris quelques pages de mon troisième roman. J'explique à Philippe que j'en suis presque à la fin, qu'ils vont naître en même temps.

*

Le lundi 7 février à l'aube, après une nuit insomniaque et agitée au cours de laquelle j'ai, de la main, plusieurs fois sollicité le bébé (toujours tu répondais, Philippe, ô ma sentinelle !), je me lève. J'allume la lumière. Un peu de liquide coule le long de mes jambes, j'ai une barre dans les reins. Je vais réveiller ma mère, nous nous préparons à partir. La route jusqu'à D. est encore sombre, presque déserte.

Nous entrons à la maternité — je regarde ma montre — à 7 h 20. Une sage-femme me reçoit ; elle pratique un toucher du col, branche le monitorage, prend ma température sous le bras — j'ai 37,6°. « Ce n'est pas une fausse alerte, me confirme-t-elle, vous allez accoucher aujourd'hui. » Ma mère descend à la réception pour les formalités d'admission. Je reste seule dans la pièce, à surveiller le tracé cardiaque. On m'a laissé une sonnette « en cas d'urgence », mais sans m'expliquer ce qui, sur l'écran, devait éventuellement m'inquiéter. Le seul problème que je connaisse comme grave pour l'avoir lu dans les livres, c'est la bradycardie — diminution du rythme cardiaque de l'enfant à

80-60 battements/minute — qui impose d'agir vite. Je suis donc sans souci devant le tracé constant à 160 puis 180, quoi de plus normal que d'avoir le cœur qui bat fort le jour où l'on vient au monde ! C'est la chamade de la naissance... Tandis que les premières douleurs commencent, je me répète mentalement et comme en extase : Philippe, né le 7 février 1994...

> *Sur le premier feuillet — numéroté 631366 — il existe d'emblée une tachycardie majeure à 170 battements/minute, avec une disparition des accélérations et une réduction presque complète des oscillations. Cette anomalie est clairement identifiée par la sage-femme. [...] La tachycardie persiste et s'aggrave et passe au-dessus de 180 battements/minute sur le feuillet 631371, soit à 8 h 30. La diminution des oscillations s'accentue encore et sur le feuillet 631376 le tracé est totalement plat et il existe de plus une bradycardie.*

> Rapport d'expertise du Pr Papiernik

Pendant l'accouchement, on surveille la vita-lité fœtale. Le rythme cardiaque fœtal est de 120 battements/minute ; s'il s'accélère à 160, 180, l'enfant court un risque vital, et encore plus s'il y a ralentissement. […] On voit donc tout l'intérêt d'une surveillance médicale attentive, même dans l'accouchement le plus simple en apparence.

Encyclopedia Universalis,
article *Accouchement*

Chamade, de ciamada *« appel »,* italien chiamare, *« appeler » : appel de trompettes et de tambours par lequel des assiégés informaient les assiégeants qu'ils voulaient capituler.*

Dictionnaire Le Robert

Une nouvelle sage-femme se présente, celle de l'équipe de jour, sans doute. On me change de salle. Ma mère s'en va : j'ai trop mal pour pouvoir bavarder, et ni elle ni moi ne tenons à ce qu'elle assiste à l'accouchement. Je demande si le médecin va venir, on me répond

que oui, que de toute façon il fait sa tournée
le lundi matin.

8 h 15 : L. prévenu de la tachycardie.
Extrait du partogramme, mention
manuscrite de la sage-femme

Il arrive à 9 h 30. Il ne me salue pas. Je lui
trouve l'air ennuyé, est-ce parce que je n'étais
pas prévue au programme ? Il regarde le tracé
du monitoring, hésite. « Tout va bien ? » dis-
je. « Ce n'est pas très bon », me répond-il en
désignant le graphique – on dirait un prof qui
commente une copie. « Il n'y a pas assez
d'amplitude, le tracé est plat. » Il secoue la tête
puis conclut : « Il va peut-être falloir césari-
ser. » Là-dessus, il disparaît pendant plus
d'une demi-heure.

*Entre 7 h 40 et 8 h 15, le diagnostic d'infec-
tion fœto-maternelle est clairement possible.
La sage-femme l'a fait, le Dr L. ne l'a pas
fait. Il a fait une faute grave en méconnais-
sant cette situation. […]. L'arrivée du Dr L.*

46

*à 9 h 30 alors qu'il a été prévenu à 8 h 15
de l'existence d'une tachycardie fœtale témoigne de sa méconnaissance de la signification
de haute gravité que représente ce signe dont
la sage-femme l'a informé. Avec raison, la
sage-femme a noté avoir transmis cette infor-
mation précise au Dr L.*

Rapport d'expertise du Pr Papiernik

Entre 10 heures et 11 heures, sauf pour une prise de sang, je suis seule tout le temps. En raison de la fièvre, je n'ai pas droit à la péridurale. J'ai affreusement mal. La douleur n'est tenable que parce qu'on sait qu'elle va cesser, que c'est une question d'heures. Dans l'un des livres que j'ai potassés en vue du jour J, il était écrit : « Ne vous attendez pas à ce que tout le personnel soit aux petits soins pour vous. Il peut y avoir d'autres parturientes qui accouchent en même temps. Vous n'êtes pas le centre du monde. » Je ne dis donc mot, je ne veux pas déranger. Je serai la parturiente idéale.

Le rythme cardiaque fœtal continue d'être constamment anormal, il devient encore plus rapide, au-dessus de 180 bts/mn et devient encore plus plat entre 10 h et 11 h, témoignant de l'aggravation le la souffrance fœtale, et dès 11 h l'aspect plat du tracé témoigne de l'installation de lésions ischémiques cérébrales majeures.

Rapport d'expertise du Pr Papiernik

Souffrance fœtale : état biologique d'asphyxie qui conduit à l'anoxie − privation d'oxygène. *Si le danger n'est pas reconnu à temps, l'enfant peut mourir avant de naître ou naître dans un état grave, analogue à celui d'un noyé. [...] Le danger pour le cerveau, et par conséquent pour l'avenir psychomoteur de l'enfant, peut être grand.*

Dr J.-M. Cheynier,
Que sa naissance soit une fête,
éd. Messidor, p. 200

Plus l'asphyxie se prolonge, plus les lésions qu'elle provoque sont graves, allant même jusqu'à entraîner la mort. Pour les prévenir, on a mis en place des techniques assurant tout d'abord une surveillance très sophistiquée du fœtus, ensuite une intervention ultra-rapide en cas de détresse. D'où, depuis une vingtaine d'années, un très fort accroissement des césariennes. On est ainsi arrivé, dans nos pays, à une quasi-disparition des morts de nouveau-nés par asphyxie et des grandes séquelles cérébrales des survivants.

Guide Papiernik de la Grossesse,
éd. Robert Laffont, p. 343

État de la mère : 9 h 30 calme — 11 h calme — 12 h calme — 13 h calme.

Extrait du partogramme

Peu après 11 heures, je signale des baisses du rythme cardiaque. L. regarde et me dit : « Oui oui, en effet », puis ajoute aussitôt, avant de disparaître de nouveau : « Mais ça va, il récupère. Pas de problèmes ! » « Vous ne lui donnez pas d'antibiotiques ? », s'étonne la sage-femme. « Non non, ce n'est pas la peine. »

Nous avons tous assez de force pour supporter les maux d'autrui.

La Rochefoucauld, *Maximes*

Son interprétation « Le bébé récupère » est sans fondement. [...] Sur le feuillet 631376 le tracé est totalement plat et il existe de plus une bradycardie. Sur les feuillets 384 et 385 s'observent des bradycardies répétées. Du feuillet 387 au feuillet 389 sont notées des bradycardies. À partir du feuillet 391 les bradycardies deviennent plus fréquentes et sur le 394 surviennent à chaque contraction. [...]. Ces bradycardies profondes et répétées témoignent d'un stade de gravité plus prononcé encore de souffrance fœtale.

Rapport d'expertise du Pr Papiernik

L'obstétrique est avant tout une vigilance préventive : les obstétriciens modernes ont les moyens de surveiller d'aussi près que c'est nécessaire le déroulement de la grossesse et de l'accouchement et de veiller, en particulier, à ce que l'enfant ne soit à aucun moment en état de « souffrance fœtale ». *La règle d'or de la médecine périnatale est, à l'heure actuelle, de ne pas accepter qu'un enfant coure des risques à sa naissance.*

Dr Cheynier, *op. cit.*, p. 163

Je parle à Philippe. À chaque chute de son rythme cardiaque, je lui dis de tenir le coup ; quand la courbe se redresse, je suis fière de lui. Mais l'angoisse monte et j'ai froid.

Peu avant midi, des hurlements traversent le mur à ma droite. « J'en peux plus, j'en peux plus », crie une femme, puis, au plus fort de la douleur et à son insu peut-être, « j'en veux plus ». Pour la première fois de ma vie, je suis, au sens strict, transie de compassion. Cinq minutes après, son bébé pleure. Il est né.

Je suis en sueur, débraillée. Je suis, de toutes les manières possibles, *abandonnée.*

À 13 heures, L. arrive. On me fait mettre sur le dos en position d'accouchement.

*Enfin s'installe pendant 15 minutes une bra-
dycardie majeure [...] qui doit être interpré-
tée, selon toute vraisemblance, après des heures
d'aggravation, comme la phase terminale de
la souffrance fœtale.*

Rapport d'expertise du Pr Papiernik

Je commence à pousser comme on me l'a appris au cours de préparation. On m'a donné le
masque à oxygène. Je ne souffre plus, tendue
tout entière vers la naissance : c'est l'affaire
d'un instant, et nous allons faire connaissance.
La sage-femme appuie de tout son poids sur
mon ventre par assauts répétés.

Soudain, il y a beaucoup de monde autour
de moi, des hommes en blouse blanche que je
n'ai jamais vus. L'un d'eux s'écrie brusque-
ment à l'adresse de l'accoucheur : « Attention,
vous allez lui casser l'épaule ! » L'affolement
est évident et général. L. se recule d'entre mes
jambes et dit à la sage-femme d'une voix de
démission : « Essayez, vous, vous avez les mains
plus petites... » Je ferme les yeux, je pousse de

toutes mes forces, j'aspire de l'oxygène dans les pauses, je pousse jusqu'aux limites de mon souffle, le noir se fait dans mon crâne et soudain, alors que je vais m'évanouir et que je pense absurdement à la robe rose repérée la veille dans un magazine et que je veux m'acheter pour être belle, je sens glisser en moi, hors de moi, mon bébé, j'ai la sensation incroyablement précise des contours de son corps, de ses jambes très longues. Au moment où j'ouvre les yeux, quelqu'un déjà l'emporte dans un silence de plomb.

> *13 h 10 : accouchement naturel d'un garçon de 4,300 kg. Dystocie des épaules nécessitant une manœuvre de Jacquemier*
>
> *♂ — 4,300 kg — 58 cm*
>
> *en état de mort apparente.*
>
> Extrait du partogramme
> et du « carnet de santé »

La dystocie s'oppose à l'eutocie ou accouchement normal. Responsables des dangers courus par la mère et l'enfant au cours de la parturition, les dystocies sont les difficultés survenues lors de la descente du fœtus dans la cavité pelvienne et au moment de la naissance. [...] Le rôle du médecin est de prévoir, d'éviter ou de traiter les dystocies, soit en guidant les forces naturelles en jeu dans l'accouchement par voie basse, soit en interrompant chirurgicalement un processus physiologique devenu inefficace ou dangereux.

Certaines dystocies sont dues à l'excès du volume fœtal, car le poids moyen d'un fœtus à terme est de 3,200 kg, mais des enfants normaux de 4 kg et même 4,500 kg peuvent exister.

Au cours de toutes les dystocies, si l'expulsion tarde au prix d'une souffrance réelle et possible du fœtus, il faut utiliser des dispositifs d'extraction — notamment le forceps.

Encyclopedia Universalis, article *Dystocies*

Je ne sais pas pourquoi le Dr L. n'a pas utilisé le forceps — dont l'usage aurait pu et dû raccourcir la période d'expulsion et la bradycardie de 15 minutes qui l'a accompagnée.

54

De plus, vous décrivez que la sage-femme a pratiqué sur vous une manœuvre d'expression utérine que le Dr L. lui a probablement demandé de faire et qui est bien connue pour aggraver les dystocies des épaules.

Rapport d'expertise du Pr Papiernik

Je demande pourquoi l'enfant n'a pas crié, pourquoi on ne me le donne pas. Tout le monde a quitté la pièce, seule la sage-femme me répond qu'on s'occupe de lui. Pendant cinq minutes, je reste suspendue au moindre bruit environnant : ils doivent être à côté en train de lui dégager les bronches ou de le laver avant de me le rendre, ou quelque chose comme ça, sûrement. Mais je n'entends rien, pas un cri. La peur est immense, trop grande pour être pensée : c'est une peur folle.

Des gens entrent et sortent, je n'arrive pas à croiser un regard. Je demande s'il est mort, qu'on me le dise, on me répond « mais non ! » comme si c'était une grosse bêtise. L. me recoud, il tire avec application sur l'aiguille.

Je suis toujours dans la posture de l'accouchement. Il y a du sang partout. Je reste stupide, hébétée : aujourd'hui, lundi 7 février, Philippe est né. Premier-né, de sexe mâle.

Ce jour-là, à la clinique X., jambes écartelées et mains jointes, j'aurais voulu, j'aurais tant voulu croire en Dieu.

Le Dr D., pédiatre — l'inconnu à nœud papillon qui a assisté à la fin de l'accouchement —, vient enfin m'informer que l'enfant va très mal, il a fallu quinze minutes pour le réanimer, on craint pour sa vie, on veut savoir son prénom.

On m'amène Philippe dans une couveuse, recroquevillé sous une sorte de feuille plastifiée. Il est tout blanc, il a des fils partout. Je passe le bras par l'ouverture latérale, il fait chaud à l'intérieur. Quand je pose la main sur le front de mon bébé, il a un sursaut, sa poitrine se soulève. Je lui caresse la tête.

Le bain constitue un moment de détente et de plaisir pour le nourrisson. La température de l'eau sera de 37°.

Le Guide de l'Enfant

Puis un jeune homme le remmène. Il pousse la couveuse comme un landau à travers la pièce. Quelqu'un le suit en tenant la bouteille de perfusion.

> *La préparation du biberon est simple, mais il faut respecter le dosage et les règles d'asepsie. [...] Le biberon doit être tenu le telle façon que la tétine soit toujours pleine le lait.*
> *Le Guide de l'Enfant*

Philippe est transféré à l'hôpital du Bocage. Je reste avec ma mère dans la salle d'accouchement.

À 15 h 30, le Dr D. entre dans la pièce ; il a un petit claquement des talons et dit : « L'enfant est mort. »

La sage-femme s'excuse, elle a les larmes aux yeux. L. s'en va, il a des rendez-vous.

Yves, prévenu au Maroc de l'accouchement, attrape un avion dans l'après-midi. Il a le voyage pour espérer. Ce n'est qu'à Paris, la nuit, en appelant de la gare de Lyon, qu'il apprend que notre bébé est mort. Lorsqu'il sort de la cabine, des clochards qui cherchent la bagarre, malgré son bronzage et son beau manteau noir, s'écartent pour le laisser passer.

*

Le lendemain, on vient en délégation m'expliquer le décès : infection à streptocoque B. Ma sœur, qui travaille au laboratoire de bactériologie de l'hôpital, fait remarquer au pédiatre que c'est un « problème courant », que 20 % environ des nouveau-nés sont ainsi infectés par ce germe banal et qu'on les soigne par les antibiotiques. « Oui, répond-il, mais il s'agit là d'une forme rare, "fulminante", un cas sur 3 000. Bien sûr, ajoute-t-il, une césarienne à 8 heures du matin aurait "tiré le bébé d'affaire", mais *Marc* (L.) ne pouvait pas le deviner, rien ne laissait supposer un tel problème, n'est-ce pas, Marc ? » L'autre opine, oui, on ne peut que l'affirmer a posteriori, car pendant l'accouchement, il-n'y-a-vait-au-cu-ne-in-di-ca-tion de césarienne.

> *Le rythme cardiaque fœtal montre une tachy-cardie permanente et une réduction des oscilla-tions : ces signes, associés à la fièvre, auraient dû faire poser dès 8 h du matin le diagnostic d'infection materno-fœtale. [...] On aurait dû à 8 h 15 décider de la mise en place immé-diate d'un traitement antibiotique et proposer la réalisation immédiate d'une césarienne.*
>
> Rapport d'expertise du Pr Papiernik

Yves est muet, prostré dans un coin sur sa chaise. Il n'a pas dormi de la nuit − le lende-main, nous partagerons mon comprimé de somnifère. L. ne lui adresse pas la parole et à aucun moment ne lui serrera la main : certes, il n'y a pas lieu de féliciter l'heureux père, mais on donne aussi une poignée de main pour les condoléances…

Je réagis vivement aux affirmations des deux confrères ; je veux prendre le pédiatre à témoin en lui demandant d'examiner le tracé du monitoring. Il lève les deux paumes devant lui, recule, ah mais non, il n'est pas obstétricien, il ne sait pas lire un monitoring, d'ailleurs ce n'est pas le rôle du pédiatre, même si certains s'en targuent...

Le Dr D., de la clinique X. à D., est certainement un excellent pédiatre. Il a intubé Philippe en quelques secondes, moins d'une minute après sa naissance, et a tout tenté pour le réanimer aussi vite que possible. Mais il est sans doute aussi le seul pédiatre en France qui ne sache pas lire un monitoring.

Après le départ du pédiatre, L. aligne une nouvelle série d'arguments qui s'annulent les uns les autres. Une césarienne n'aurait peut-être pas suffi à sauver l'enfant, après tout. (Dois-je comprendre que ce n'était pas la peine d'essayer ?) De toute façon, continue-t-il, il est « obstétricien, pas chirurgien ». (Dois-je comprendre qu'il ne sait pas faire une césarienne ?) De plus, la césarienne « n'est pas sans risques pour la femme » : il existe quelques cas d'hémorragie après la ménopause. (Dois-je comprendre qu'il vaut mieux perdre son enfant que courir le risque infime de mourir quand il aura vingt ans ?) Enfin, il termine par cette raison décisive : « Et puis, vous savez, la césarienne, c'est facile : on la fait à 11 heures, et à midi on est chez soi les pieds sous la table. »

Le lundi 7 février 1994, le Dr L. n'est pas rentré déjeuner chez lui. L'obstétrique – voie royale – est un métier difficile. Mais le Dr L. aime la difficulté.

*

Face au désastre, Yves demande une autopsie.

> *Le décès est vraisemblablement secondaire à une pneumonie bilatérale à foyers disséminés. Le liquide céphalo-rachidien est resté stérile, ce qui signifie que l'enfant ne présentait pas de méningite.*
>
> Rapport d'autopsie
> et compte rendu d'hospitalisation

1929 : Fleming découvre la pénicilline. Sa fabrication fut mise au point dans les années quarante.

Guide Papiernik de la grossesse, op. cit.

L'antibiothérapie (surtout la pénicillinothéra-pie), très efficace dans les infections streptoroc-ciques, en a transformé le pronostic.

Encyclopedia Universalis,
article *Streptocoque*

Le médecin n'a pas l'obligation de résultat. Mais il a l'obligation de moyens.

Droit médical

« Le fœtus a été adressé à l'état frais », note le compte rendu d'autopsie. Les nouveau-nés de 4,300 kg sont assez rares. Les « fœtus » doivent l'être encore plus. Les scientifiques peut-être ont peur des mots qui ne le sont pas. Ou bien est-ce seulement une manière de dire que toute mort, en un sens, est un avortement ?

L'autopsie recherche *les causes de la mort*. Nous sommes habitués à ce pluriel : c'est comme si nous avions toujours plusieurs raisons de mourir.

À peine sortie de la maternité, je vais voir L. à son cabinet. J'ai besoin de la vérité. Les questions précises que je lui pose l'irritent très vite, l'ironie ne lui paraît pas déplacée en la circonstance, et il me félicite d'« avoir appris la médecine en cinq jours » — mais où est le sujet d'étonnement, puisque lui ne l'a pas apprise en dix ans ? Je n'en reprends pas moins l'accouchement point par point ; je veux savoir *à quel acte* correspondent ses honoraires, puisqu'il n'a *rien* fait — ni traitement antibiotique, ni césarienne, ni usage du forceps —, pas même, dis-je, la réduction de la dystocie, qu'il a demandé à là sage-femme de tenter à sa place.

L. manipule différents objets sur son bureau, se renverse en arrière dans un fauteuil et me lance : « Et puis d'abord, qu'est-ce que vous en savez ? »

Alors, je comprends tout, je comprends comment de telles choses arrivent. C'est l'histoire d'une femme qui, le jour le plus important de sa vie, fut changée en bûche. Je reste bras ballants sur ma chaise, et je lui dis (mais c'est crier que je voudrais, hurler, tout casser, me battre), en détachant bien les syllabes pour ne pas pleurer, je lui dis :

« Je le sais parce que j'étais là. »

VIVRE

Début mars, nous rentrons chez nous. *La vie continue*, comme dit la sagesse populaire.

Il y a ceux pour qui ça n'est pas bien grave : dans leur bouche, la naissance devient une sorte d'extrême fausse couche, et ils s'étonnent de l'enterrement comme d'un luxe au romantisme excessif. Il y a ceux qui établissent une hiérarchie du malheur : le pire, c'est quand même de perdre un enfant, un *vrai*, une fillette de sept ans ou un fils de vingt ans – ils ont tous des exemples. Là, c'est *vraiment* terrible, car les parents restent avec leurs souvenirs. Je ne dis rien. Je garde pour moi le bruit de son cœur qui battait à chaque consultation, ses cabrioles sur l'écran de l'échographie (« On t'a

vu à la télévision », lui racontait Yves, le soir),
nos conversations à trois quand nous lui de-
mandions s'il était d'accord pour s'appeler
Philippe et qu'il nous répondait en morse ; je
garde pour moi la mémoire des nuits, la pléni-
tude, et puis toutes les autres images, les pages
du livre de sable : Philippe apprenant à lire,
Philippe me dépassant d'une tête, Philippe
montant sur le podium comme son arrière-
grand-père, au son de *La Marseillaise* — en
quelle année déjà ? —, le sourire de Philippe.
Peu importe l'âge auquel meurt un enfant : si
le passé est court, demain est sans limites.
Nous portons le deuil le ·plus noir, celui du
possible. Tous les parents pleurent les mêmes
larmes : ils ont des souvenirs d'avenir.

Il y a ceux qui me tapotent le dos et m'as-
surent, comme si j'avais raté mon bac, que je
vais « finir par y arriver » ; celles qui sont fiè-
res de la santé de leurs enfants et laissent per-
cer la vanité sous leurs condoléances : tout le
monde ne réussit pas à *donner la vie*. Il y a ceux
qui allaient justement me téléphoner, ceux qui

ne m'en parlent pas parce qu'il ne faut pas confondre la « vie professionnelle » et la « vie privée », ceux qui étouffent l'affaire comme si elle n'était pas très catholique. Il y a ceux qui rasent les murs pour nous éviter, la mort et moi, ceux qui pendant des années sont venus cent fois noyer leur spleen dans notre whisky et n'ont pas un instant l'idée de venir noyer le nôtre, ceux qui ont perdu notre adresse, ceux qui « sont plutôt téléphone » — mais pourquoi ne téléphonent-ils pas ?

Il y a ceux qui sont contents et qui ne savent pas le cacher, ceux qui sont tristes et qui ne savent pas le montrer ; il y a celle qui me trouve une petite mine et qui, alors que je lui explique, me dit étourdiment : « Ah ! oui, c'est vrai… », celle qui, à cinq mois de grossesse, m'a offert une layette — « Oui, je sais, ça porte malheur, mais on n'est pas superstitieux » —, celles qui me demandent si je me « sens coupable » ou si je « peux encore en avoir ».

Il y a ceux qui nous furent chers – amis, amours, visages éloignés par des brouilles, des rancœurs : telle demeure campée sur son bon droit dans une histoire ancienne, tel autre reste assis sans un salut, goguenard –, et tandis que nous nous souvenons les avoir aimés (mais qu'est-ce que l'amour dans une telle violence d'oubli ?), toute la pitié humaine se dissout dans le néant.

Le dommage qui touche l'autre fait de lui son égal, il réconcilie sa jalousie... La joie maligne est l'expression la plus vulgaire par quoi se manifestent la victoire et le rétablissement de l'égalité.

Nietzsche

Il y a ceux qui font comme s'il ne s'était rien passé, comme s'ils ignoraient tout (mais ils savent, pourtant, puisque me revoyant le ventre dégonflé, ils ne demandent pas de nouvelles du bébé), ceux qui, me rencontrant au marché, me parlent du prix des tomates et des vacances prochaines. Par eux, à leur insu, Philippe souffre mille morts : en faisant comme si de rien n'était, ils font comme s'il n'était rien.

Il était venu au monde, et le monde n'avait de cesse de l'oublier, de l'annuler, de n'en pas même garder la trace, tel un nom sur une tombe, dans une minute de conversation, dans l'hommage d'une phrase. Les semaines qui ont suivi sa naissance, chaque fois qu'on m'a parlé *d'autre chose*, il est mort à nouveau.

Les Marocains sont plus simples devant la mort. Ils en parlent, surtout les pauvres. Miloud m'a dit : « Il va en venir un autre, tu verras », en montrant le ciel comme s'il en pleuvait.

Il y a ceux qui ont couru le risque d'être banals — et bien sûr ils l'étaient, mais nous aidaient à vivre —, Claudie, Louis-Jo, Michel et Luc ; ceux qui ne savaient pas quoi dire et qui l'ont dit, ceux qui nous ont offert cela, leur maladresse, leurs bégaiements, leur impuissance accotée à la nôtre, ceux qui nous ont donné ce qu'ils avaient, ce qu'ils étaient.

Chantal, toujours si exactement là, malgré la distance.

*

Au mois d'avril 1994, je suis assise dans le hall de l'aéroport de Marrakech. Deux touristes français discutent à côté de moi. Ils sont jeunes, frais émoulus d'une école de commerce, et pleins d'admiration pour un camarade de promotion qui semble avoir trouvé le filon :

« Tu comprends, dit l'un, il a épousé une fleuriste… Alors ils se sont mis dans la fleur en gros, et puis l'idée géniale, ç'a été de se spécialiser dans le deuil…

– Pas con, dit l'autre : ça permet de prendre du second choix ; c'est pas la cliente qui va venir réclamer ! »

Un an plus tard, au moment de relire le chapitre *VIVRE*, la question se pose de supprimer ou non cette dernière anecdote et, d'une façon plus générale, le grief qui anime ces pages. À la fin je ne peux m'y résoudre. Je n'écris pas de tombeau : la mort n'est pas noble, le deuil n'est pas pur, ce n'est pas vrai — ou s'ils le sont, ils ne peuvent le rester longtemps. Mis en contact avec le monde qui va et vit, comme tout objet jeté dans un milieu hostile, ils se corrompent. De ce pourrissement je ne me fais pas juge mais scribe. Ce siège d'aéroport où, ni ange ni bête, du fond d'une douleur étouffante, je suis capable — et contente, qui sait ? — d'entendre le monde, ni ange ni bête lui non plus, ce siège d'aéroport, sous la lumière crue des néons, est à la fois le lieu exact d'où j'écris la mort de Philippe, mais sans doute aussi celui d'où j'ai toujours écrit.

ÉCRIRE

Le Dr L. a méconnu en permanence la valeur sémiologique des données dont il disposait.

Rapport d'expertise

Le médecin et l'écrivain font le même métier : ils lisent des signes. Que ces signes soient émis par le corps ou par le monde, il s'agit toujours de les déchiffrer et de les interpréter. Pour soigner comme pour écrire, il faut avoir un regard aigu, une sensibilité aux signes les plus subtils et une grande capacité à les *réfléchir*. L'écrivain possède un avantage : il a le temps. Le médecin, lui, doit, en outre, être rapide.

Je n'ai jamais compris qu'en début d'études universitaires on sélectionne les futurs praticiens sur les mathématiques. On devrait leur demander d'expliquer un texte de Proust : le langage des hommes et du monde leur sera plus utile que celui des chiffres, sauf pour calculer leurs bénéfices, mais on présume que tel n'est pas le fondement des vocations. La médecine, après tout, est une *science humaine* : une épreuve sélective par la littérature, la psychologie ou même, comme autrefois, la version grecque permettrait d'éliminer à la fois les « polars » et les brutes, ce qui serait déjà beaucoup.

On peut tout connaître des manuels de spécialité et cependant ne rien savoir ; la médecine, comme l'écriture, est d'abord la science de l'Autre : il faut apprendre à lire et à aimer son Visage. À quand Emmanuel Lévinas au programme de première année ?

*

« Si encore vous aviez crié ! » m'a dit l'accoucheur d'un ton de reproche. « C'est vrai, quoi : il y en a qui hurlent, d'autres qui n'ouvrent pas la bouche, alors on ne peut pas savoir... »

Tout est là, peut-être, sous cette phrase odieuse : il faut hurler, faire entendre son mal, s'imposer. Stridence du cri de Jeanne Moreau, prostrée sur le carrelage du café à la fin de *Moderato Cantabile* : je hais soudain ma discrétion, la quasi-incapacité où je suis de souffrir en public, d'habiter l'instant sans distance, la conscience, la maîtrise, le silence. « Vivre tout haut », risquer sa voix, être dans le cri.

Flaubert dit l'inverse, pourtant, qui ne gueule que seul : « Les gens comme nous doivent avoir la religion du désespoir. Il faut qu'on soit à la hauteur du destin, c'est-à-dire impassible comme lui. À force de dire "cela est, cela est, cela est" et de contempler le trou noir, on se calme. »

Écrire m'arme. Fragile coffrage que ma vie, qui serait depuis longtemps effondré sans le fer de la phrase.

J'ai besoin de l'ironie. Elle m'aide autant que l'élégie. Si je me souviens bien, Rilke la déconseille au jeune poète : « Gagnez les profondeurs : l'ironie n'y descend pas », lui dit-il. Tout dépend des gouffres qu'on explore. S'il est vrai qu'elle est relativement impuissante à pénétrer l'opacité du malheur, elle va très loin – c'est la lampe au front du mineur – dans le creusement de la bêtise, de l'ignorance et de la lâcheté.

Il fait tout noir au fond des abîmes. Mais je ne veux pas fermer les yeux. J'écris pour *voir*. Car la leçon des ténèbres, c'est la lumière.

On écrit pour faire vivre les morts, et aussi, peut-être, comme lorsqu'on était petit, pour faire mourir les traîtres. On poursuit un rêve d'enfant : rendre justice.

En relisant les épreuves des *Travaux d'Hercule*, je me rappelle le jour précis de décembre où j'ai écrit telle phrase, et je pleure.

Yves a souhaité que Philippe soit uni à lui par la dédicace de ce roman. Ils vont main dans la main, un air de famille au visage, dans la blancheur déserte de la page.

Tout écrivain a une phrase impossible. Pendant longtemps, pour moi, la phrase impossible a commencé par *Je*. Hier encore, j'aurais cité en exemple : « J'ai accouché le 7 février. » Quand je relis les pages écrites dans ce livre, c'est l'impression d'un immense effort qui domine. Jusqu'ici, j'ai toujours trouvé impensable, ou, pour mieux dire, impraticable, d'écrire *Je* dans un texte destiné à être publié, rendu public. *Je* est pour moi le pronom de l'intimité, il n'a sa place que dans les lettres d'amour.

J'écris pour dire *Je t'aime*. Je crie parce que tu n'as pas crié, j'écris pour qu'on entende ce cri que tu n'as pas poussé en naissant — et pourquoi n'as-tu pas crié, Philippe, toi qui vivais si fort dans mes ténèbres ? J'écris pour desserrer cette douleur d'amour, je t'aime, Philippe, je t'aime, je crie pour que tu cries, j'écris pour que tu vives. Ci-gît Philippe Mézières. Ce qu'aucune réalité ne pourra jamais faire, les mots le peuvent. Philippe est mort, vive Philippe. Pleurez, vous qui lisez, pleurez : que vos larmes le tirent du néant.

Je remercie Mme Meyer, surveillante à la clinique X., le Dr Sandre, pédiatre à l'hôpital de D., et Mme Fadda, surveillante dans le même service, le Dr Bessis et Mme le Dr N. Serkine, du Centre d'Échographie de l'Odéon, pour leur généreuse attention.

DU MÊME AUTEUR

Aux Éditions Gallimard

TISSÉ PAR MILLE, 2008

Aux Éditions P.O.L

INDEX, 1991 (Folio n° 3741)

ROMANCE, 1992 (Folio n° 3537)

LES TRAVAUX D'HERCULE, 1994 (Folio n° 3390)

PHILIPPE, 1995 (Folio n° 4713)

L'AVENIR, 1998 (Folio n° 3445)

QUELQUES-UNS, 1999

DANS CES BRAS-LÀ, 2000. Prix Femina (Folio n° 3740)

L'AMOUR, ROMAN, 2003 (Folio n° 4075)

LE GRAIN DES MOTS, 2003

NI TOI NI MOI, 2006 (Folio n° 4684)

Aux Éditions Léo Scheer

CET ABSENT-LÀ. Figures de Rémi Vinet, 2004 (Folio n° 4376)

Chez d'autres éditeurs

LES CINQ DOIGTS DE LA MAIN, théâtre, ouvrage collectif, *Actes Sud*, coll. Heyoka, 2006

COLLECTION FOLIO

Dernières parutions

Composition Nord Compo
Impression Novoprint
à Barcelone, le 18 février 2013
Dépôt légal : février 2013
1ᵉʳ dépôt légal dans la collection : mars 2008

ISBN 978-2-07-035596-9./Imprimé en Espagne.